Je suis une maison en construction où des salauds se réunissent la nuit pour discuter

Stéphane Gebler

Je suis une maison en construction où des salauds se réunissent la nuit pour discuter

Recueil

LE LYS BLEU
ÉDITIONS

ISBN : 979-10-422-3027-2

À ceux qui,
d'une manière ou d'une autre,
de près ou de loin,
sont les pièces du puzzle

Préface
L'éternel espoir de produire des citrons

On n'est pas sérieux quand on a dix-sept ans, écrivait Rimbaud, pas à un mensonge près : c'est qu'à dix-sept ans on peut aussi l'être ; sérieux dans tout ce qu'on fait, sérieux dans l'excès et dans l'ascèse, sérieux dans la connaissance et l'imbécillité : sérieux dans la quête, peu importe sur quoi elle porte.

Il était comme ça, Stéphane, quand on s'est rencontrés dans une grisaille plus lycéenne qu'ontologiquement lorraine, je dirais. On n'avait pas dix-sept ans. On était cons. Sérieux à mourir, aussi. Il travaillait déjà beaucoup, distribuait des journaux ci et là, trimait les week-ends dans les serres. La culture, ça ne s'improvise pas. On se connaissait vaguement ; on s'est trouvés un matin halluciné, à peine revenu d'une rencontre de deuxième moitié de soirée avec le Colonel Kurtz. C'est risquer la honte, adolescent, de s'avouer secoué par un bout de fiction. C'était risquer bien plus, finalement, de ne pas en parler. Personne d'autre n'en avait cauchemardé ; on s'est sus comme ça, par la nonchalance feinte trahie par l'écarquillement affolé de nos pupilles, les aveux à demi-voix.

De là bien des dérives jumelles, triviales et fondatrices à la lueur de flammes certaines, celles qui réchauffent autant qu'elles illuminent : Rimbaud bien sûr, Ginsberg toujours, Maïakovski aussi, Bukowski parfois et plus, et encore. Rien de surprenant, peut-être, à trouver cette parade d'enfants maudits quand on commence à tâtonner. Toujours est-il qu'on s'est grandis comme ça au début, deux pousses tordues mélangées des racines, rampant dans la mauvaise herbe, s'efforçant de pointer vers le haut, par n'importe quelle extrémité ; par les mots, si possible. Dans ceux de Stéphane, très tôt, on pouvait voir l'apparente quiétude, cette huile de surface qui cache la sombreur des grands fonds. Il y en a certains là, de ces coups de dent d'il y a trente ans, quand nos quêtes nous traînaient sur les chemins de traverse. Non, sans doute :

Tu dis que la vie est conne
Tu dis que tu veux faire un tour que t'as besoin d'un peu d'air
Tu dis que tu vois que tu as un problème et tu crois qu'ailleurs ça ira mieux ailleurs c'est pas pareil
Tu dis c'est pas ici
Simple déduction simple comme bonjour
Mais tu ne comprends pas que je ne comprends pas.
Ailleurs ça ira mieux ailleurs c'est pas pareil.

On y verrait une correction à l'adage rimbaldien et on aurait tort : évidemment, Rimbaud n'écrivit jamais que « la vraie vie est ailleurs. » Elle est absente ; et c'est ce gouffre-là que ces poèmes encerclent, tentent d'une pointe de pied, cherchent à remplir de rochers, de fruits verts ou gâtés, de foutre, de glaviots, de hurlements. Trouver des univers dans « une heure de plus », de la poésie dans un billet de cinquante balles, rêver d'un monde moyen ; imaginer Sisyphe heureux, certes, mais heureux des choses qui rendent heureux ici-bas dans cette éternité en solde. Et ne pas se leurrer : il fait le beau devant l'appareil photo, mais trimballer des rochers, le plus souvent, c'est pas la joie.

Et des rochers, il y en a ; s'ils ne remplissent pas les béances, on en fait des grosses piles, des monuments, peut-être, si c'est ce qu'on sent ; des maisons, parfois, si on est un peu maçon. On les finit rarement. C'est qu'on invite tout un monde à se faire ouvriers du bâtiment. Dieu sait qui y fait quoi, la nuit, quand personne ne regarde.

Ce recueil est donc une invitation. Venez jeter un œil sur le chantier ; vous en êtes déjà, après tout, que vous le vouliez ou pas. Venez voir comme on fait la saucisse. Venez voir comme Gébler répond à la question. Mais si : LA question.

Les poèmes sont des conneries sauf s'ils sont
des dents ou des arbres ou des citrons empilés
sur une marche,

disait Amiri Baraka, à peine trentenaire, il y a soixante ans de ça. Après avoir passé presque une décennie à traîner dans les cafés de Greenwich Village avec les pontes de la Beat Generation, la question avait pointé, poussé, gonflé jusqu'à prendre toute la place, éclater : à quoi bon ? Le titre de son premier recueil, *Préface à une note de suicide en vingt volumes*, donnait déjà des indices. Dire en vers que la poésie ne vaut rien, c'est un piège à cons ; c'est prétendre qu'il suffit de cracher pour cacher, que maculer l'immaculé, mettre un peu de boue sur les rêves suffira à faire diversion. Mais c'est bien là le signe sûr de l'idéalisme tremblant du pessimiste, le désespoir rempli d'espoir du jeune Karl Marx d'avant la barbe ; saint Thomas qui met son doigt dans la foi. C'est le signe qu'on fait son choix.

Oui, il y a une ligne ici, un ouvrage sans cesse remis sur le métier. Et un éclair de fin de temps additionnel : moins grec qu'italien, moins héros que libero (arrière gauche, ça va), une vérité déverrouillée par le catenaccio. L'hypothèse qu'on s'en tirerait pas si mal à « diriger sa vie comme la défense de Paolo Maldini », « fort imprenable et pourtant pris 100 fois », intransigeant face aux inéluctables défaites, l'œil sur la lucarne au bout qui pointe au bout du tacle.

Écrire un poème c'est sortir les poubelles écrire poème
C'est comme s'essuyer le cul après avoir chié et regarder
La trace brune sur le papier, tout le monde fait ça c'est
Se lever trop vite le matin et voir les étoiles c'est
Marcher en forêt c'est rendre chacun des coups reçus
même à genoux.

C'est que toujours, on écrit avec l'éternel espoir de produire des citrons. Vous avez de la chance : c'est l'heure de la limonade.

Buvez.

Grégory Pierrot

Je suis une maison en construction
où des salauds se retrouvent
et discutent la nuit

Tu dis

Tu dis que la vie est conne tu dis que tu veux faire un tour que t'as besoin d'un peu d'air

Tu dis que tu vois que tu as un problème et tu crois qu'ailleurs ça ira mieux ailleurs c'est pas pareil tu dis c'est pas ici

Simple déduction simple comme bonjour

Mais tu ne comprends pas que je ne comprends pas.

1998

Le jour où ma mère a cassé sa pipe

Ma mère ne voulait pas chier dans son lit quelques heures à peine avant de mourir, son œil explosé et pendouillant, la bouche ouverte et fermée comme une carpe, incapable de marcher sur ses 2 jambes, de traîner sa carcasse d'os,

Ma mère presque vidée de son âme mais pas de sa merde,

Ma mère, jaune et immobile dans sa robe de chambre en coton, pieds et mains froids, lorsque la vie quitte le bonhomme la chaleur se concentre vers les points vitaux,

Ma mère qui ne rend pas les armes sans se battre, inutilement, avec l'énergie puisée on ne sait où,

Ma mère, seule durant une heure ou deux, sans spectateur, ni accompagnateur pour son dernier voyage, refusant de faire le show, d'être la star du couloir du service de soins palliatifs,

Ma mère, aux mains froides et bleues, au teint jaune, ma mère gonflée, pourrissant de l'intérieur, sa boîte crânienne comprimée, incapable de verser la moindre larme,

Ma mère et moi, main dans la main maintenant, ma mère et moi, qui n'avons jamais eu grand-chose à nous dire, ma mère et moi muets, prêts, l'un à se taire définitivement l'autre à écouter la mort s'installer, pas de hurlement, pas de cris, juste un essoufflement progressif, un espacement, comme un ballon qui se dégonfle lentement, une expiration.

13 avril 2011

Je suis une maison en construction

Un pot de Nutella déjà bien entamé avec une cuillère plantée dedans une chaise tirée en arrière comme si quelqu'un venait de se lever

J'écrase ma clope à côté du cendrier en recrachant la fumée par le nez et je me demande si le type qui bosse avec moi va s'en tirer

On raconte dans les couloirs qu'il picolait et fumait comme un pompier et il faut dire que de temps en temps il tringlait peut-être aussi une handicapée mentale moche déformée par d'énormes points noirs mais je crois qu'il l'aimait (allez savoir) tandis que moi je me sens comme une maison en construction où des salauds se retrouvent et discutent la nuit.

Ne me demandez pas de trouver un titre valable pour ce poème

Autant ~~aujourd'hui~~ hier en me couchant j'étais content de moi autant ce matin en relisant je me dis que c'est de la merde je raye des passages entiers et si j'avais écrit 12 poèmes je me retrouve à la fin avec plus qu'un seul truc rafistolé un vrai moment choisi de la veille un peu comme une rature.

Peut-on regretter d'avoir des enfants ?

Il suffirait qu'ils puissent dormir une heure de plus, bouche grande ouverte, yeux clos et front détendu,

Crâne enfoncé dans l'oreiller, machine surpuissante créant du rêve, des monstres,

Revisitant le monde, l'espace, et toutes les galaxies y compris celles que nous n'avons pas encore perverties,

Rejouant les scènes quotidiennes où maman a tartiné le beurre sur la tranche de pain de mie où maman est venue torcher le cul où maman a raconté une histoire où maman a dit « pas maintenant »

Il suffirait d'une seconde supplémentaire de répit pour que ce poème ait une forme un sens une direction à prendre comme un virage radical sur une feuille blanche

Il suffirait d'un rien

De pas grand-chose.

Lundi 3 août 2009 à 8h007, Bermering France

Les enfants encore

On va finir par tous avoir les nôtres et se retrouver à partager les mêmes expériences sordides
Comment un groupe explose, se disperse sur le globe comme une maladie contagieuse ?
Comment diffuse-t-on un virus informatique ?
Par quel vecteur à quelle vitesse, y a-t-il un rythme de propagation ?
Et pourtant nous avons arrêté de boire depuis un bon bout de temps déjà
Peut-être que je prends le problème à l'envers – est-ce parce que nous avons arrêté de boire que nous avons maintenant des enfants ? – devrais-je dire ?
En 10 ans nous avons multiplié les chances d'erreurs génétiques, les cellules, les bras les jambes, créé des poils des neurones et étrangement assez peu de paires de couilles (moins d'un sur deux)
Dans 10 ans nous aurons passé la main
Et ce sont eux qui commenceront à penser qu'ils n'auront jamais les leurs.

Lundi 3 août 2009, 8 h 19

Otite de Noël

Baaam-otite, l'oreille droite bombardée, douleur aiguë qui m'empêche d'avaler ma salive baam une histoire se termine mais ce n'est actuellement pas le plus important baam toutes les 3 secondes sur les rythmes des battements de mon cœur RDV chez le médecin dans seulement 2 heures (baam) et rebaam-BAM à n'en plus finir

Jeudi 24 décembre 2009, Bermering à 8 h 28

L’automne dans la cuisine

Les gouttes de pluie tambourinent sur la fenêtre de la cuisine et accompagnent le cercueil de nos actes héroïques morts au combat en fuyant l’affrontement ou par maladresse.

Que reste-t-il de nos prouesses au lit ? De nos mensonges ? De nos tentatives de ne pas faire de mal ?

Nos enfants auront-ils le courage de finir le travail ?

(Sans date)

6 mois sur le canapé

6 mois que je dors une nuit sur deux (voir plus) sur le canapé tombé de fatigue à 20 h 30
Ou assommé bêtement par les petits riens de tous les jours plombant ma journée, minant consciencieusement mon parcours, et explosant au bon moment, juste quand il ne faut pas

6 mois réveillé à 5 h 30 chaque matin, trouver une idée, la noter, la triturer, pour me rendre compte que finalement il y a de fortes chances que ça ne marche pas
Et ma mère est morte rien à attendre de sa part et ma mère a coûté cher, je suis redevable de ses comportements consciemment destructeurs et assumés par la solidarité nationale, je dois rendre tout ça

T2A ARS rénovation régulation maîtrise des coûts gestion du temps CNSA dette publique budget budget standardisation budget entrer dans le cadre se sentir utile être valorisé par l'effort consenti jouer la conformité et jouer collectif et au final ne plus arriver à dormir dans des heures communément jugées acceptables par cette même collectivité, ne plus dormir dans le lit conjugal auprès de la seule personne qui pourrait me réconforter et me donner une bonne raison de rester debout

6 mois qu'elle n'en a probablement plus envie 6 mois qu'elle sent que quelque chose a changé 6 mois qu'elle s'inquiète de percevoir que je ne suis plus le même

6 mois durant lesquels je vais planifier, programmer, jalonner, remettre de l'ordre en créant du désordre ?

Admettons, mais ça ne servira à rien je ne peux pas grand-chose et dormir sur le canapé une nuit sur deux ne sauvera pas le monde ni la Sécurité sociale ne changera rien au système par répartition des retraites, au mieux accélérera une scoliose, un divorce, une autre chute, fera de ce que j'ai construit un puzzle dont les pièces déchirées sont de toute façon maladroitement ajustées.

10 novembre 2010

Au menu ce soir

Une étrange boule de je ne sais quoi à l'intérieur de la nuque un point une gêne au niveau du cœur pression pas vraiment douleur au poumon

Manque de fric fric fric fric comme une obsession

Je ne supporte plus les joints ennui permanent et calvitie précoce

Inquiétude à propos d'une sœur spirale échec scolaire chômage dépression

Une grand-mère regrette d'avoir hébergé un gars qui refusait le STO si c'était à refaire elle ne referait plus déception

Fais ton choix

Aider mon père qui se tue au travail voir des enfants morts dans des bocaux boire du formol au biberon des serpents qui sortent du vagin la langue collée au palais un dentier scier le sternum aorte ou quelque chose du genre cancer de la tête aux pieds et on nous bassine pollution feux de forêt larmes et mégots écrasés dans le cendrier animaux en cages

Chiens chats écrasés oiseaux tombés du nid chasseurs bourrés pêcheurs endormis éléphant se séparant du troupeau pour aller mourir dans un endroit secret éléphant sans défense couché sur le côté respirant lentement boîte de coca rouillée chambre à gaz dentiste juif constipé télé en panne accidents sur l'autoroute fuite d'eau robinet qui goutte escaliers sans arrêt

Fais ton choix

Enfermé dans un ascenseur coincé dans un tube scanner et bout en train au lycée enfin heureux service militaire hurlement du réveil le matin les infos à la télé le républicain lorrain bulletin de vote tarte aux poireaux salade verte schnaps maillot de bain moule bite vestiaire téléphone traverser la rue en regardant à droite et à gauche ou l'inverse

Un devoir d'anglais à rendre un coup de poing casser un carreau laisser tomber un verre en faisant la vaisselle voir ses parents s'entretuer vacances en famille repas de famille répondre aux questions ne pas se tromper et faire plaisir aller à la morgue être bien habillé plâtre toile d'araignée équation transpirer des pieds porter des lunettes s'essuyer le cul avec des mouchoirs en papier

Fais ton choix

Barbecue merguez saucisse blanche et chipolata acheter du shit brosse à dent chocolat géranium arroser les fleurs éteindre toutes les lampes nettoyer ses lunettes carte d'identité douane canette de bière vide avec un mégot flottant à l'intérieur dent cassée cassette vidéo doigt dans le nez morphine calmant antalgique seringue sang qui coule de la narine gauche lettre d'amour lettre de rupture feu de cheminée branlette et méditation

Os au fond du cercueil un air de chanson entendue à la radio en se levant fredonné toute la matinée trisomie 21 passer le permis de conduire se trouver une nana potable rater la balle devant le but grand ouvert tour de France faire de la balançoire avoir envie de vomir jouer se battre dans le sable chier dans son froc maman pipi à trois heures du matin rentrer bourré gueule de bois roulettes jambes en bois clavicule genou tibia slips sales dans le frigo chaussettes sales président de la république manger des chips devenir vieux et très con ou pas fais ton choix guitare électrique tiroir armoire chemise de nuit en soie cravate chaussures cirées cireur de chaussures assiettes couteaux dans la cuisse tronçonneuse taille haie marteau sur les doigts livre de grammaire

Peur dans le noir bruit au fond du jardin deuxième porte à droite essayer un pantalon se regarder dans un miroir

Dire au revoir mentir mentir

Fais ton choix

Mentir à longueur de journée flingue en plastic capote trouée cellule cancéreuse théorème prévisions météo bourse New York Metz Paris Hambourg Tunis Rome Saint-Tropez Moscou métro tailler ses crayons acheter des cigarettes boire un coup à la terrasse le soleil dans les yeux ranger sa chambre passer l’aspirateur sauver la vie rendre service donner un coup de main un coup de pied dans le ventre mater son voisin donner des ordres dormir ne pas y arriver se déshabiller démonter la télécommande descendre les poubelles

Chewing-gum collé sur le trottoir faire la queue être emmerdé en attendant le bus poème mettre le pied dans une merde fais ton choix jeu vidéo affiche publicitaire cigare néon dans la nuit marcher pieds nus balle dans la tête arbre mort rosier ver de terre à l'aise dans un crâne tempête pluie parapluie bonnet avalanche insulter sa mère pisser sur un mur police papiers s'il vous plaît

Nom prénom domicile.

27 juin 1998, 22 h 12

Alcool et sentiments

Je lève mon verre à ta santé et à la mienne
Je lève mon verre et le vide cul sec je lève mon verre en espérant que ce ne soit pas le dernier
Je lève mon verre un point c'est tout
Je lève mon verre pendant que les voitures passent et repassent
Je lève mon verre sous la lune
Je lève mon verre et m'en vais botter le cul à dieu
Je lève mon verre en brûlant une boîte remplie de poèmes que je trouve très mauvais, tous ne sont pas de moi
Je lève mon verre comme un héros accoudé au comptoir racontant ses exploits à ses amis qui n'en croient pas un mot
Je lève mon verre au lieu de rentrer chez moi et je baisse les yeux vers le bout de ma chaussure.

Marcher sur un bout de shit

Marcher sur un bout de shit le matin en se réveillant

Traverser la rue sous la flotte froide du mois de juin

Lever les yeux vers les nuages et chercher un rayon de soleil pendant que ma mère prépare à manger

Dire que c'est ça, la vie.

Au bar de Fiumicino

Assis en face de l'immense poubelle verte Méditerranée je te vois et je te sens tu ne peux pas me reconnaître puisque tu ne m'as jamais vu ni moi ni mes boutons sur le dos ma viande avariée et cancéreuse te fait-elle peur ? Pourquoi lances-tu des lapins blancs fuyants sur le sable pourquoi planques-tu des capotes des seringues 2 tonnes de mégots et quelques sacs en plastique ?
Es-tu de sortie ce soir ?

Le 1er juillet 1996

Ne me demandez pas de trouver un titre valable pour ce poème

Autant ~~aujourd'hui~~ hier en me couchant j'étais content de moi autant ce matin en relisant je me dis que c'est de la merde

Je raye des passages entiers et si j'avais écrit 12 poèmes je me retrouve à la fin avec plus qu'un seul truc rafistolé un vrai moment choisi de la veille
Un peu comme une rature.

Ce que j'ai dit

J'ai dit : la nuit sera longue. On fera tout ce qui nous passe par la tête.

J'ai dit : fais ce que tu veux. Je m'en fous. Fais ce que tu veux. De toute façon, tu fais toujours ce que tu veux, alors pourquoi tu me demandes ?

J'ai dit : non. Je pense pas. Enfin je sais pas trop. Faut me laisser du temps.

J'ai dit : ça me dit rien.

J'ai dit : on verra bien.

J'ai dit : OK.

J'ai dit : pourquoi pas ?

Poésie ou rien

En train de passer l'aspirateur FROTTER NETTOYER

Vider la poubelle et le cendrier

Ranger les disques dans leurs boîtiers

Mettre un peu d'ordre

Et se frayer un chemin jusqu'au lit et lançant des

Fringues à droite et à gauche

Retrouver 50 francs

Sous une pile de papiers griffonnés et considérer ça

Comme de la poésie.

Ce que le dimanche après-midi inspire aux fous

Le bruit des voitures allant et venant dans la rue

La petite famille sapée en habits du dimanche qui rend visite un pot de fleurs dans les mains

L'engueulade et la bouffe cramée les larmes et les coups bas

La fourchette par terre.

Mon père marche avec la pointe des pieds vers l’extérieur

Mon père marche avec la pointe des pieds vers l’extérieur comme un canard le dos voûté et la plupart du temps les poings serrés dans les poches

Il marche vite quel que soit l’endroit où il se rend et se fiche pas mal de ce qu’on dit de lui il marche droit devant et pense à qu’il a oublié de faire en partant

Il réfléchit en marchant

Se demande s’il a oui ou non fermé la porte d’entrée éteint le gaz assez de bois pour l’hiver

Il n’a pourtant jamais oublié de me souhaiter mon anniversaire.

Baise pendant que le téléphone sonne

Ils faisaient l'amour et soudain le téléphone a sonné.

Elle allait jouir, c'est ce qu'elle disait

Elle voulait qu'il continue.

Lui aussi aurait aimé continuer. Mais c'était peut-être important.

Elle voulait jouir. Et il voulait la faire jouir. Et le téléphone sonnait.

De gros nuages noirs s'entassaient au coin de la fenêtre.

Une journée avant l'an 2000

Lâcher 5 poèmes en une heure et plus rien pendant 3 semaines

Griffonner les bases d'un roman en 5 minutes et ne pas trouver la force d'ouvrir la fenêtre

Se servir 36 000 verres dans la même bouteille et n'en jamais voir la fin

Naître et Mourir

Avoir une idée géniale et après réflexion pas tant que ça

Avoir honte

Ne pas se rappeler de la veille

Se dire que le ciel est joli ce soir et que ce sera sûrement pareil demain.

30 décembre 1999

Oui et non sur un ton monocorde

Oui et non oui j'ai de la chance je m'en suis sorti et non parce que j'y retourne non parce que je suis au calme

Oui c'est exactement ce que je voulais

Non je me suis trompé

Oui et non toujours

Oui j'ai raison

Non je croyais avoir raison

Non je ne suis pas surpris

Oui j'ai l'impression parfois de me sentir très seul

Non pas tout le temps

Oui je sais non je ne sais rien.

Merci en reniflant

Tintement de la cuiller contre la tasse

Tache de café sur la nappe blanche

Silence dans la cuisine

Et puis il la regarde droit dans les yeux.

Elle pleure. Évidemment. Son maquillage coule

Traces noires des deux côtés le long de son nez

Elle baisse la tête et attrape son paquet de cigarettes.

Il lui tend le briquet

Merci en reniflant.

Le 10 janvier 1999

De la poésie et du sang

Tu vois, les poètes romantiques se tranchent les veines par amour, ou sautent d'une falaise par désespoir parce que la mélancolie les envahit, parce que le siècle les ignore,

Ils ont les cheveux propres, et toutes leurs dents, ils sont rasés de près, ils sont conscients de ne pas passer inaperçus, ils sont conscients d'être différents, ils sont responsables de leurs actes,

Ils perçoivent les effets implicites de leurs interactions, ça leur donne de bonnes raisons d'avoir des choses à dire sur l'amour, la beauté, la puissance de l'exaltation toutes ces conneries qui m'emmerdent profondément.

Dimanche, 19 juin 2011, 7 h 10

La pluie ne nettoie pas les caniveaux, malgré nos prières et nos efforts

Minorités

7 jours par semaine c'est trop

Jamais c'est pas assez

Je rêve d'un monde moyen où

La satisfaction du plus grand nombre

N'écrase pas les déceptions

Des minorités dites visibles

Et même invisibles.

Comme un catalogue de la redoute

Comme un catalogue de la redoute, 10 000 références codées comme la pluie ruisselant dans le caniveau, comme un lundi matin tu donnes le meilleur de toi même et Bon Dieu tu sais que ça ne sert à rien
Comme un mur pas crépi à la chaux comme une fenêtre ouverte donnant sur le jardin comme une lettre d'amour bourrée de fautes d'orthographes et de mensonges, tu ne dis pas la vérité pour protéger ceux que tu aimes
Comme un chewing-gum collé sous la table comme un poing dans la gueule comme une photo de vacances tu avances mais tu ne sais pas exactement où tu vas, ni ce que tout ça va donner.

La pluie de juin

Les gouttières pissent en cliquetant depuis des heures déjà,
Impossible de dormir,
Impossible de trouver ni sommeil ni repos, juste espérer que la pluie lavera les caniveaux,
Et pourquoi pas, comme par magie, nos vies, effaçant erreurs de jugement, bassesses, coups bas, mauvaises interprétations, mauvaise foi, cynisme et douleur.

Les monstres de la cuisine

À Nils

Il y a des monstres avec des Yeux rouges brillant dans la nuit,
Des dents longues comme des sabres,
Des trous dans les joues suintant de sang d'enfants morts et décomposés,
Il y a des monstres cachés sous le lit, dans l'armoire, je ne peux pas prendre mon pyjama rayé
Il y a des monstres qui lancent des couteaux sur les murs qui saignent
Il y a des monstres sans bras et sans jambes qui rampent et gesticulent dans l'entrée, salissant le carrelage blanc,
Il y a des monstres qu'on suit à la trace,
Il y a des monstres qui nous veulent du mal
Il y a des monstres, mais personnes ne sait combien
Il y a des monstres partout dans la maison et je ne vous parle pas des fantômes, des vampires, des robots ayant perdus la raison, mon fiston et moi, avons du boulot, je vous le dis.

Juin 2011

Qui s'intéresse vraiment aux pelouses grillées par le soleil ?

Cet été, je te le dis, ça va sentir fort la bite du moins c'est ce que les récents évènements laissaient entrevoir et puis finalement non Cet été ne sentira rien du tout, c'est maintenant une certitude, puisque je suis si effrayant de noirceur déglingué de l'intérieur, incapable d'éprouver le moindre sentiment, c'est ça, hein ?

Au mieux la pluie – jet d'eau glaciale – fera reverdir les pelouses brûlées en mai au mieux, et en même temps qui en a quelque chose à foutre des pelouses brûlées ?

Juin 2011

Confus et lucide
À monsieur Céline

— Allez, respire à fond en aspirant un grand coup… remplis tes poumons et garde la fumée un instant… Voilà comme ça c'est bien… Ça va déjà mieux ? … Raconte-moi ce que tu vois… Dessine le plus d'images possible… lâche-toi totalement… L'amour est une chiure du cul… ouais c'est ça… Et c'est ton pote qui a cassé une latte dans le lit de ta femme… Bien avant toi… Ne dissimule pas la honte… Ni ta colère… Dis-toi que tu es l'exemple de la meilleure façon d'agir si quelqu'un se prend pour toi… Jamais il ne fera aussi bien… Sors de ta coquille… Pends-toi au cou des belles femmes comme une perle rare… Accepte l'échec… Rétablis la vérité que tu as exilée il y a de ça 22 ans… Revis une dernière fois ta naissance et oublie là… Mange tes cheveux et ta barbe… tes rognures d'ongles et ta merde… Renifle tes pieds ta bite… ton trou du cul… Tu dois pouvoir te reconnaître parmi 1000 clones… Déshabille-toi et regarde dans la glace ce que tu vois… Dresse une carte de tes cicatrices, boutons, plaies… Deviens ton pire ennemi… Et affronte-toi à chaque instant… Prévois tes réactions pour avoir un coup d'avance… N'hésite pas à t'humilier en public et bois juste ce qu'il faut… Tombe dans la rue… Perds ta ceinture en rentrant chez toi… Arrête-toi et vomis devant la boulangerie… Insulte les oiseaux… Rends-toi compte que tu as fait tout ça…

Et prends une douche… Enfonce-toi un doigt dans le Cul… Essaie d'en mettre 2… La reine Christine ne jouit que quand elle a le vagin plein à craquer de Foutre… Penses-y souvent… Les belles choses aiment l'excès… Deviens aussi nécessaire que de respirer…
Plonge dans ta cervelle… Garde les yeux ouverts… Ouvre la fenêtre en grand… Voilà tu es arrivé.

L'occasion de s'excuser

Il faudra compter cet été sur l'effet sécheresse, rien ne pousse, les cuves se vident, le niveau est au plus bas,
Il faudra compter cet été sur un rationnement raisonné de nos dons, de notre bonne volonté, l'action sera limitée à sa plus simple expression, pas de geste inutile, pas la peine d'envisager de grands plans de relance, c'est l'unité dans la restriction le mot d'ordre, pas la peine non plus de compter sur la solidarité, le voisinage, chacun pour soi,
Par contre,
Dans les ruines de nos entreprises en faillite, dans nos semences enterrées et desséchées, dans nos vies amoindries, jusque dans nos tombes glaciales, se construisent, sans compte bancaire, sans apport financier, sans actionnaire, sans dividende, sans assurance, nos petites faiblesses qui font qu'on attend bêtement un appel téléphonique, ce qui constituerait peut-être l'occasion de s'excuser.

7 mai 2011

Écrire un poème

Écrire un poème c'est sortir les poubelles, écrire un poème
C'est comme s'essuyer le cul après avoir chié et regarder
La trace brune sur le papier, tout le monde fait ça

C'est se lever trop vite le matin et voir les étoiles c'est
Marcher en forêt c'est rendre chacun des coups reçus
Même à genoux.

Juin 2011

30 % sur tout le rayon
à partir d'aujourd'hui

Conduire à la campagne en octobre

Au moins 300 corbeaux grappillent les restes de semence de blé dans le champ à droite,
Le brouillard épais masque la plupart d'entre eux
Et il est presque impossible de deviner qu'il est 8 h du matin
Et que le jour est censé se lever.
Les corbeaux croassent, ils ne prêtent pas attention aux bagnoles qui passent le long de la route.
Impossible de dire qui fait partie du décor : eux ou nous ?

L'automne est arrivé dans la nuit, précédant l'hiver de 24 h.
Je vois le monde et ma vie comme dans un film en noir et blanc.

L'électronique du tableau de bord de ma Clio, Led, vertes, diodes bleues, me suggère que je suis le réalisateur du film, pas l'acteur principal.

24 octobre 2018

(Sans titre)

Je ne sais pas ce qu'ouvre cette clé posée sur la table à côté d'un verre vide.
Mais je reconnais les empreintes de ton rouge à lèvres.
Quel trésor inaccessible se cache derrière la serrure, derrière quelle porte ?
Comme d'habitude, il y a plus de questions que de réponses, et
Pourtant ce n'est pas un jeu mais une question de survie.

2 juin 2017, 5 h 38

C'est une grosse mouche noire

Avec des reflets verts et bleus
Typiques des mouches à merde.
Elle zozote et survole lentement mon espace vital
Sans se poser de question
Elle n'a aucune idée des règles sociales
Elle ne tient absolument pas compte des règles internationales en matière de respect des frontières
Elle ne réfléchit pas
Son seul but est de se poser sur une merde
Et ceci expliquant cela
Je n'éprouve aucune satisfaction à la voir tourner autour de moi.

Juillet 2019

Alors que nos nuits deviennent rares et que la pluie frappe aux carreaux

Alors que les mots se taisent et que les silences en disent long,
Je me prépare à n'être personne, je classe mes stylos par couleur.
La lune dans le coin droit de la fenêtre paraît si petite et tellement loin.
Tu te rappelles qu'il y a des bars qui sont restés en dehors du temps et qui demeurent au centre du monde pendant un instant ?
Il faudra que je sois patient. Il faudra que tu continues à sourire.
Et les phares des camions continueront à tracer des fils de lumière jaune sur les rambardes de l'autoroute.
Le cidre et les parkings honnêtes sèmeront des regards timides.
Et rien ne nous obligera à oublier que Copernic avait raison avant tout le monde. Sauf le vent.
Et puis, on sait que les satellites ont des antennes. Et inversement.
Je serai Mata Hari. Ton satori.

Je n'ai jamais été certain que la lumière s'éteint quand on ferme la porte du frigo. Et je ne peux pas le prouver. Chaque sphère organise son écosystème. Chaque mystère a une multitude d'explications possibles.

Et toi tu auras 1000 bras et 1000 bouches. Il y en aura quelques-uns pour moi. Probablement.

J'attendrai en croisant les bras pendant que dans l'enfer de nos nuits
Dans la boue de nos vies
Tu comptes les morts,
Et que pour ma part je ne parviens pas à me résoudre à achever les blessés.
Je rêve toujours de gagner la partie sans que mes victoires soient les défaites des autres.

Le ciel est comme d'habitude au-dessus de ma tête et je ne lui accorde aucune importance

Les oiseaux virevoltent dans un ballet incompréhensible
Certains prétendent que tout cela a un sens
Certains prétendent que je suis devenu avec le temps insensible
D'autres envisagent la fin du monde comme une alternative.

10 décembre 2016

Le monstre qui sommeille en moi

Blotti au fond de mes propres impossibilités
Je ne suis même pas gêné de regarder la vérité en face
Je vois avec une lucidité chirurgicale le monstre qui sommeille en moi
Je peux décrire avec précision ses dents cariées,
Ses mains pleines du sang de mes propres enfants.
Je suis les traces de ses pas au fond de mon cœur, qu'il a piétiné,
Ses yeux dévisagent mes erreurs, contemplent avec délice mes errements moraux,
Et il sourit quand je m'abrutis à contempler le sabotage de ma propre vie.
Et rien ne l'empêche de recommencer, rien ne m'empêche de trahir,
De ne pas voir ce qui doit être vu.

La St Valentin
et autres preuves commerciales d'amour

Les oiseaux se cachent pour mourir, il paraît.
Les singes sont en voie d'extinction,
Les autoroutes allemandes sont en très mauvais état,
Et toi, tu souris en me regardant droit dans les yeux.
Et j'ai la certitude que tu es sincère,
J'ai la certitude que tu regardes quelque chose de beau,
De bon et de presque doux.
C'est avec le recul,
Quand je m'aperçois qu'il n'y a plus que nous deux dans cette rue déserte,
Que je vois ce qu'il y a de meilleur en moi : espoir
Compréhension
Tendresse.
Ça n'empêche pas les vieux de se vider ni les fous d'être enfermés,
Personne n'échappe à ses responsabilités,
Ça n'empêche pas les couples de s'autodétruire,
Ça n'empêche pas les femmes battues de pleurer sur l'oreiller,
Ni les chiens d'être abandonnés,
Mais ton regard me donne l'espace d'un instant le pouvoir,
La sensation de respirer sous l'eau malgré l'incendie qui brûle nos villes et nos cœurs.

Le 13 février 2017

(Sans titre)

Ce n’est pas une question de poids ou de force,
Ni même de volonté,
Ce n’est pas non plus la chance qui fera basculer le cours de notre histoire,
Chacun est à sa place, dans son coin, prêt à donner l’assaut.
Et puis la nuit tombe. Et nos masques aussi.

30 janvier 2017

Quand tu te couches longtemps après moi

Que tu te tartines je ne sais quelle crème sur les jambes,
Alors que, selon moi, elles n'ont besoin de rien,
Et que tu t'allonges, dos à moi, sans rien dire,
Ni bonne nuit
Ni fais de beaux rêves

Quand la lune se planque derrière les nuages sous le velux,
Puisque tu n'as même plus envie de pleurer,

Quand depuis des mois je vois des oiseaux morts
Écrasés des milliers de fois sur le bord de la route

Quand les voisins se doutent que quelque chose ne tourne pas rond chez nous

Et qu'il n'y a probablement plus rien à dire, ou à faire

Puisque la situation poursuit simplement son cours,

Puisque certaines choses sont inévitables

Puisque tout est amené à naître

Puis à mourir.

22 août 2019

Mon corps est un temple dit le poète

Érigé par les dieux au nom de la connaissance sacrée
Et dans lequel
J'en suis certain
Je le ressens comme ça
Un enfant a été violé par des prêtres lubriques
Dans un couloir en plein mois de mars peu après 17 h
Et à part ses gémissements et son cul sanguinolent
À part sa douleur qui passera parce que tout passe
Et parce qu'on se fait à tout
Rien n'empêchera l'enfant de devenir un adulte.
Il ajoute : mon temple est un slip souillé
Froid et mouillé
Sacrifié mais cicatrisant. Le poète raconte ça et personne ne sait ce qu'il veut dire exactement
C'est le début de son histoire personnelle
C'est le commencement d'une tragédie à deux balles
Il a vainement compris que le malheur
Sera la source de son roman. Alors il cligne lentement des yeux et se ressert un verre de muscat.
Et moi je parle à mon double en me grattant le ventre.

21 février 2023

Optimiste, juste ce qu'il faut

Je suis un arrêt de bus tagué
Je suis un optimiste désenchanté
Je suis un néon qui clignote dans unc ruelle
Ténébreux blessé devenant bientôt
Plus mort que vif
J'ai longtemps voulu devenir une étoile
Et j'ai fait ce qu'il faut pour y arriver
J'ai cherché à briller plus que n'importe quoi
J'ai essayé de m'approcher de la gloire
J'ai essayé de faire mieux que mes aïeux
D'aller plus loin
Plus longtemps
J'ai retenu ma respiration
J'ai écrit des milliers de poèmes
Tous aussi mauvais les uns que les autres
J'ai résisté à la pression
J'ai évité autant que possible
Le crime la trahison
J'étais persuadé que tout allait bien se passer
Je n'ai jamais eu de cadavre dans mes placards
Je n'ai pas eu besoin d'avocat
J'ai bu plus que de raison
J'ai aimé à la folie

J'ai cru que le monde pouvait changer
J'ai essayé de changer le monde
J'ai travaillé j'ai appris à nager dans les eaux froides de la famille
J'ai bu la tasse quand c'était mon tour
Et j'ai laissé ma place dans le bus
J'ai tenté de suivre la piste
J'ai regardé autour de moi et j'ai mis les pieds dans les traces laissées par mon père
J'ai voulu faire mieux je suis tombé parfois
Mais je me suis toujours relevé j'ai parié
J'ai perdu et je suis revenu j'ai empêché le mal de prendre possession de la totalité de mon âme
J'ai oublié que la lumière brillait
J'ai compris que les flammes brûlaient et pouvaient tout détruire
J'ai caressé des chats
J'ai nourri des chats
J'ai ramassé des chats écrasés avec une pelle
J'ai accompagné un mourant
Pas n'importe lequel
À franchir le passage entre la vie et la mort
J'ai été terrifié par le bruit que produisent les poumons quand l'air est remplacé par de l'eau
J'ai vu et entendu les signes qui indiquent que le corps et l'esprit jettent l'éponge
Je n'ai pas vu de soulagement dans les mains crispées de ma mère
J'ai continué à vivre avec des images en tête et faire comme si de rien n'était
J'ai essayé d'être attentif aux autres
J'ai menti presque toujours pour protéger quelqu'un d'autre
J'ai vu que plus on s'approche plus on a l'impression que le temps s'accélère

Puis j'ai compris que tout ça c'était une illusion produite par les hormones
Mon cerveau peut être facilement corrompu
J'ai pris des drogues j'ai eu des boules de feu au bout des bras j'ai cherché à
Avoir des visions et des hélicoptères ont atterri sur le carrelage de la cuisine
J'ai mené des expériences sérieuses cherchant à remplacer mon sang par de l'alcool
J'ai titubé j'ai dormi là où je m'effondrais
J'ai parfois remporté de splendides victoires contre moi-même
J'ai parfois contribué à de magnifiques défaites
J'ai gardé le contrôle j'ai saboté mon propre navire alors que nous approchions de la côte après des mois de voyage
J'ai eu une garde fidèle
J'ai placé des agents partout dans le monde qui deviendront actifs quand ce sera l'heure
Je me suis retiré hors de moi-même
J'ai allumé des incendies et je me suis brûlé en les éteignant
J'ai tracé des plans
J'ai pensé à des choses interdites
J'ai gardé le silence
Tout ça pour en arriver là
Aujourd'hui
Au lendemain de Noël à 5 h 44.

26 décembre 2023

Tu diriges ta vie

Fort comme roc
Fort imprenable
Tu diriges ta vie comme la défense de Paolo Maldini

Morts

Petite mort après l'amour avec ma chérie
Mort de soif
Mort de faim
Mort de rire devant ma fille qui apprend à manger à la cuiller
Mort de sommeil
Mort de froid
Mort et ressuscité après 3 jours
Mort et enterré
Mort ou vif
Tu as connu toutes les morts possibles
Et tu grattes ton squelette
Mort simplement
Mort accidentelle
Mort bêtement
Mort dans un cercueil
Mort sans souffrir
Peu de gens peuvent en dire autant.

Bermering le 10 septembre 2019

(Sans titre)

Ce n'est pas une question de poids ou de force,
Ni même de volonté,
Ce n'est pas non plus la chance qui fera basculer le cours de notre histoire,
Chacun est à sa place, dans son coin, prêt à donner l'assaut.
Et puis la nuit tombe. Et nos masques aussi.

30 janvier 2017

Table des matières

Imprimé en France
Achevé d'imprimer en mai 2024
Dépôt légal : avril 2024

Pour

Le Lys Bleu Éditions
40, rue du Louvre
75001 Paris